細田傳造
みちゆき

書肆山田

目次——みちゆき

みちゆき　8
けさらんぱさらん　10
実家　14
砂浜にて　16
鍵　20
すばらしい雲　22
こおろぎ　26
沼　30
閑話休題　34
嵐の後　38
フッサール　42
片目瞑って　44
鳥を撃つ　48
此れから　52

ちょーだい　56
田部井さんの家の庭　58
テッちゃんみたいに　62
第三中学　66
八月　70
四月の午後の四時　74
切断　78
むつけし鳥　82
太陽の塔　86
タルマエ　90
武蔵野　それがどうかしたか　94
恋《ラヴ》に就いて　98
貝國笹子追分　102
ムーちゃんの消滅　104
フンコロガシ　108
間道を行く　112

みちゆき

みちゆき

葉っぱがさらさら降っています
アルケルカ
前をゆくカケルがききます
うんまだ歩ける

ふたりっきりで山道をゆきました
くぬぎ　こもみまたくぬぎの道をゆきました
葉っぱがさらさら降っています
アルケルカ
何度もふりかえってカケルがききます
うん歩ける
わたしたちは黙って山道をゆきました
葉っぱがどさどさ下りてきました
この辺で
わたしが言いました
もう歩けない

ピラカンサの木の下で
あおむけになりました
いよいよ最良の時がきたのです
ピラカンサの赤い実が光っています
いよいようつくしい時がきたのです
ピラカンサの木から子栗鼠が降りてきました
わたしの
あゝと頷く声が落葉に埋まってゆきます
ヒトリデユキナ
カケルの声が掠れています

カケルが帰っていきます
子栗鼠を連れて帰ってゆきました
わたしのぼうやは帰っていきました
くぬぎ　こもみまたくぬぎの落葉に
わたしは埋まってゆきました

けさらんぱさらん

いざなみ坂を上がってゆくと
雲霞の如く揺らめいて
下りてくるひと影
あっ　女のひとが
かたまりになって
ふぶいている
警報がなった
頭巾を被れ

大地に伏せよ
歩道に這って
逢魔の時に耐えた
いざなみ坂の上で
女学校の説明会があったのだ
きっちり十四歳の
にっぽんの女と
その母親たちが蚊柱になって
草莽から帰っていった
渦巻きを逃げて
身をおこしてみれば
けさらんぱさらんが
みっつ
足元に漂っている

おおいそぎで坂道をゆき
宮前の工作所で
桐の小箱を買おうと思った
けさらんぱさらんを
放っておくわけにはいかない
ぜったいに

実家

庭先に
犬を放してある
裏庭に排便場の囲いがしてある
居間には床暖房を通した
寝所の片隅に
花挿しに似た尿瓶が置いてある
厨房には
食材の詰まった甕が並べてある

北足立郡にそういう実家をつくった
孫と息子の嫁がときどき姿を見せて
なぜか早々と帰ってゆく
つれない奴らだ
春からは可愛い奴ら
子豚をにひき
飼おうと思った

砂浜にて

砂浜で
鶴が檻にいれられている
晒されている
毀されている
剝がされている
この鶴は
どんな罪でここに
いれられているのでありますか?

見廻りの人にきく
見廻りの青い服を着た人は
ぢろりとわたしを見
だまって指をさした
指の先には青空
一片の雲なき空
あゝこの空で
この鶴は
なにか悪いことしたのですね
ふかぶかと頷いていると
その人は
鍵束をじゃらじゃらならし
ぷいと横をむいて
いなくなった

たすかった
あしたこの砂浜から
船にのる

鍵

童女はわたしをキライだと言った
おしゃべりだからキライだと言った
だから近所の無口のおじいさんになった
おたがいに
道で出会うと黙って
ちいさなおじぎをしてすれちがった
童女が少女になった日
おしゃべりにもどっていいよと告げにきた

へいきになったからしゃべりな
その日少女とバスに乗った
後部座席で堰をきって
わたしはしゃべった
鍵束を見せて
鍵の
ひとつひとつの用途と由来について
しゃべった
七個目の最後の鍵を見て少女が言った
このきんいろの鍵はしってるよ
あたしが生まれた家の鍵
清瀧の
滝壺の鍵

すばらしい雲

移動祝祭を量ねて
凌いできた日々

最期ぐらいは自分で仕切る
六人の
屈強を担い手に雇い
戸板に担がれて爆走する
賑やかに
鉦を鳴らして鼓を打つ女たちさえ混えて
豪儀だね
厳かに
号泣する三匹の白い犬に
前を牽かせ
四里半
西に向かって進んだ
漸う落日が始まっている
風も出てきた

丁度よい
祭列は仕事を終え
わたしを
アジアの
土の上へ放って帰る
野に渡る一陣の風花と
契り
手足を開き
仰向いて見れば
天空に
赤い雲が流れている
すばらしい雲だね
……………
すばらしい一日だったね

うん。
あした晴れるね

こおろぎ

ぼぼぼ
ていねいに育てられ
あかちゃんみたいにないていたら
とつじょとして
羽が膨らんできたので
びっくりしてくらい箱を飛びだした
くさくさくさとなく
青年の声になって街道をはねた

お向かいの「生鮮野菜バッタ屋」さんへ
飛び込んで葉っぱを買う
蝗のようなレジのおんなに
お金を渡し
すばやく彼女の卵にさわる
緑の子のうまれかし
葉っぱを齧ってぴっぴっぴ
この夏のひとさかり
蟋蟀の子のうまれかし
おびただしくうまれかし
お祈りしながら
するっちょのおじさんの背中に乗って
暗いちいさな竹籠に帰った
まだ見ぬ秋をおもってないていると

この館の童子が告げにきた
「あした戦闘にだすから」
まだ見ぬ眷属の壮士のことをおもって
ちちちとないてみる

沼

沼の淵を歩いていると
ユアンと叫ぶ声がした
誰ですか
生まれてから二年半だけ呼ばれていた
幼名で

わたしを呼ぶのはあなたですか
沼を見て沼にきいてみる
沼が笑った
さざ波がたった
ユアン
もういちど呼ぶ声がする
屹っ度して
沼をにらみつけていると
沼の底にもうひとつの沼が
沈んでいるのが見えた
ユアーン
沼の底の沼がわたしを呼んだ
あなたですか
幼名で

わたしを呼ぶのはあなたですか
黙っているので
ふっんと言って小石を投げてやると
どっぼんと大きな音がした
入水だ　騒ぐ声がしている
ひとがたが沼に吸い込まれてゆく
さっき
向こう側からこっちを見ていた
あの老人が
二歳ぐらいの子供になって
波紋の中に消えていった
長いあいだ見ていたが
浮かびあがってこない
名前を知らない水鳥が一羽

ユッアンユッアン
変な声で哭いた

閑話休題

あれしちゃいけない
これしちゃいけない

彼レ此レうるさいので
身を隠すことにした
山合のすでに眠りを始めている落葉の寝床に横たわり
ちちんぷいぷいを××回して
身を置いてきた
心《しん》だけになって
町に浮かび
世過ぎをすることにした
楽になった
誰も我レに気づかない
電車にただ乗り放題
タクシー無断便乗し放題
犬がちょっと五月蠅い
ウーウー呻るのがいる

猫は何故か放っておいてくれる
実を言うと
人間と雖も
感じ方の強いある種の女の人は
幽霊なんかと勘違いして
さっきあたしんちの台所の前を
若い身空の男が
黄色い服を着て
横切って行くのが見えた
などと
現代詩に書いたりする
べつにいいけれど
身体浮遊がホラではない
と

バレてしまうのが怖い

嵐の後

足下にできたこの穴のことは
随分と長期に亙ってあれになぞらえてね
なぞらえたものをまたほかの言葉になぞらえて
随分と長期に亙って語ってきましたね皆さんに
公園のベンチで自分にぶつくさほざいていると
学校抜け道帰りの男の子が穴をみつけた

しゃがみこんで穴をのぞいている
〝昨日の大雨で土砂が崩れて穴になった〟
説明してあげた
男の子は黙って穴を見ている
明日にまた嵐がきて雨が雲ごと落ちてきて
大風が吹いて海では海が割れて
陸では町ごと吹っ飛んで学校も吹っ飛んで
公園の木もなにもかも吹っ飛んで
みんないなくなってきれいになって
昨日できたこの穴は明日塞がってお終いになる
小学校の三年生ぐらいのこの男の子に
きのうの天候の報告をして明日の天気を予報して
明日の都市災害までも告知してあげると
男の子の背中のランドセルが激しく震えた

「ママーッ」穴の底に向かって叫んで立ち上がり
泣きながら走って去った
女の子のふたり組がきた
穴にきづくと「いやねー」
不愉快な声をあげて頷きあい足早に消えた
明日の嵐の前の光景を思うと涙が止まらなくなった
公園管理課がきてここに座るなと言う
蠟石を以て公道に穴の絵を描くなとぞ言う
これは穴のオブジェではない
昨日の大雨で土砂が緩んで陥没した写実である
益体もない抗弁をしていると
穴の上に立ちはだかっていた役人二体
しゅうっという音をたてて
穴に吸い込まれて見えなくなった

実をいうとこの穴は随分と長期に亙って
ここで穴をしているのである

フッサール

桃園で桃を見つめる
物体を見ている
ぶらさがっている
桃ですよね
ぶらさがっている物体に尋問する
黙している
虫が飛んできてとまる
これは桃ではない

虫に告げる
ぽろりと虫が落ちる

片目瞑って

片目瞑っているけれど
話はちゃんと聞いているから
そう怒るなよ意味はないんだから
トシのせいで
瞼が両方重くなってきて
おまえの話が見えなくなってしまう
だみだこりゃ
いくらなんでも失礼だな両目瞑ったら

やっとこさ左目だけ開けて
キミを見るキミが話をしている
目を三角形に収斂し
口角泡を吹いている
だいじょうぶ聞こえている
なつかしいなキミのお話
工場街のモナリザの話
五十年前のオレの話
鳩の町のマリアの話
片目開けて黙って聞く
おまえの話はツマラン
などとテレビコマーシャルみたいな
無礼なことは言わない
聞いているの！　傳造さん！

不意に
セガレに諱で呼ばれてしまった
ショック
　オヤジをアナタと呼んでしまった
　あの時が蘇る
両目を閉じて眠ってしまいたい
だいじょうぶセガレサマ
耳は2・0よく聞こえていますよ
どうぞお話つづけてちょーだい
眠ったまままきくから
両目瞑っても聞こえているから
カラカラカラ

ほら
空の音は聞こえている

鳥を撃つ

正月だろ仕事ないだろ暇だろ
叔父さん連れてってあげるよ
安田商店の倅に
神の許可した殺生区域「神栖の浜」に連れてこられた
銃口を神に向けて撃つ

空から鳥がぱさぱさ落ちてくる
腕いいだろ安田の倅が笑う
笑うようなことではない
鳥が憎いのかおまえ憎いから撃つのか
鳥が死ぬのを見て楽しいのか
安田の倅にしつこくからんでやる
べつに　だって　ホビーだもの
スポーツだものハンティングだもの
そういえば叔父さんいつも
ハンチング帽子だね
狩猟免許取りたくないですか
取りたくない
俺は取らない取れない
そういえば叔父さん

凶状持ちだったことがあるよね
安田の倅は笑うのをやめた
黙り込んで散弾を撃っている
千鳥がぱさぱさ落ちてくる
俺が人を撃ったのは
憎しみからだ
ぱんっぱんっぱんっ
退屈しのぎに言葉を空に撃ってみる
ぱんっぱんっぱんっ大声で撃ってみる
凄いね叔父さん
ほんとに鳥が落ちてきそうだよ
安田の倅がげらげら笑った
笑うようなことではない
言葉がねちねち落ちてくる

血が滲んでいる
俺は言葉を憎んでいる

此れから

御領内田違村の小作で
死んでゆくことに
向こう三軒両隣に
面従する毎日に厭きて
尻喰らえ孫市して遣った
小手指墨俣の名主屋敷に在所の鑑札を

返してきた
係累・柵封の類は作法を踏まえて
見附の御堂にお返しした
県庁迄山越えして辿りつき
棄民の手続きを済ませると
此れからだけになった
船着場で水蒸気のフリーパスを見せ
BRAZILMARU の自由席に座った
船上無策
腹が減ると甲板に出て海靄を啜った
夜にはオリオン座のいちばん明るい星から
星語を習い
こぐま座から乗って来た人達と
星語系菫語無差別級片言会話を

楽しんだ
舟は伯刺西爾という星座を目指して
進んでいる
とうとう僕は二億光年の旅に出ているのだ
此れから一億時間ぐらい眠って
ずうっと此れからだけのヒトになる
身柄は紀伊国育ちなんて
ちゃんちゃらおかしくなった
伯刺西爾に入着したら
星一面に黒鉄の花を植えて遣る
捨《ふ》てて遣る捨《ふ》ててやる
伯刺西爾まできて
隠元作りでいることはできない
己れの此れからは

花の生涯であった
不逞のハポネスになった

ちょーだい

ちょーだいと叫ぶと
お店の奥の方の
暗いところから
女のひとがでてきて
みしてごらんといわれて
にぎってきたひだり手ひらくと
にまいの銅貨がいて
ほしい蟲がもらえた

たりないぶんはあとでいいのよっていわれて
ほしい蟲がかならずもらえた
蟲屋さんの女のひとに
いろんな蟲をもらったけれど
どんな蟲だったかおもいだせない
いちどだけあーげないといわれて
もらえなかった蟲があるけれど
あの蟲のことははっきりとおぼえている
お店の奥の
井戸端の
盥の中で
くるくる回っていた
あの
赫い蟲

田部井さんの家の庭

ぺたぺた歩いて
田部井さんの家の庭に入っていった
ごみ捨ての穴のそばにおおきな鳥がいて
ひきつけられて触りにいった
触らないうちに向かってこられて

追いかけられた逃げた
わあわあ泣いて逃げた
田部井さんの家の人が出てきて
げらげら笑った
あひるに追いかけられて泣いたこども
そういう評判の近所のこどもになった
学校にあがったらアヒルという渾名になった
走り方が似ているらしい
嫌いですその鳥は。
長寿していると横浜の中華街で
アヒルの丸焼きに遭遇した
旨いでしょう
と言って足柄下郡の甥っ子が
皮を剝がしてお皿に取ってくれた

旨いでしょう北京ダック
肉を細かく切り分けてくれた
首を振った。嫌いですこの鳥は。
田部井さんの家の庭に
どうしてアヒルがいたのだろう
「喰われるためにいたのだ」そう気がつくと
涙腺に異常がやってきてびしょびしょになった
お店を飛び出し表通りを
ぺたぺたよちよち走った
だいじょうぶですかお爺さん
雲霞の如く道行く人の少々が心配そうに聞いた
あの日の
田部井さんの家の庭のアヒルが
中国寺院の花壇の下からこっちに

向かって追いかけてくるのが見えた
わあわあ泣いて逃げた

テッちゃんみたいに

希《き》哲《ちより》とふたり

鉄道ファンのテッちゃんみたいに

橋の南詰めに立って
あの列車がくるのを待っている
真正包茎の鉄道ファンみたいになって
おれたちふたり
あのモスグリーン五輛建ての
無號列車のあらわれるのを待っていた
カメラを仕掛け
時刻表を足元に置いて呆けたふうに
貶しめの人が乗った列車を待っている
いーけないいんだいけないいんだ
おまわりさんにいってやろ
土手で小学生の小鬼どもが囃し立ててくる
鉄筋コンクリートの橋桁の影の中
あさっての方を向いて

見ないふりしている人の目が
こっちを見ている
八月の
疑り深い蛸の目だ
見るなおれたちはただの鉄道少年に
すぎない
三脚に載せた箱型写真機から
鳩を
出したり
するけれど
ただの電車馬鹿です
仮性包茎の
どですかでんの
テッちゃんみたいでしょ

見るな。
鳩の飛びだすそのときの煌めき

第三中学

第三中学では
柔道部の「可愛がってやる」
という名前の男に
可愛がられた
大外刈りで払われ

巴投げで転がされ
極め技で失神した
その男と同じような
武闘派になって
象潟で再びあいまみえた
おまえあのときの
「雑魚」だろうと一喝されて竦み
体落としを喰らってしまった
因果だな
必然だよ
第三中学ではよい思い出もあった
図工の時間
海に沈む太陽の絵を描いた
ぺんてるの水彩画

コンクールで
板橋区長賞を貰った
「画家」という称号で呼ばれた
象潟の砂浜で伸びていると
雑魚だろうと起こしにくる
第三中学の社会科教師の声がした
画家だと抗弁していると
莫迦、東京湾に夕日が沈むか、罵られ
結わかれて小舟に乗せられた
沖合に太陽が落ちてゆく
いちじかんののち
暗い海に浮かぶ大きな学校船の庭にいた
保健室に連れていかれ
指と眼を調べられた

「技師・B／2」

青い判子を押された

八月

八月は
たいてい
車輪の下にいた
西瓜売りの大八車の
車輪の下にもぐって
クルマが止まるの待った
クルマが止まったら
荷台に積んである西瓜を売る

末成りの西瓜を売る
日光御成り街道杉戸宿
この辺り
硬い地面に反射する光
街道の向こう側に
杉の木の薄い影の中
末成りの黄色いアパートが一棟
立っている
二階の西側の部屋で
幼なじみの女が
赤ん坊と寝ている
「すぐもどります」の木札を下げて
赤ん坊の顔を見にゆく
俺に似ているような気がする

この子は昭夫の子よ
女はいつものように首を振って言う
俺に似ていないような気がする
濡れタオルでカラダを拭いて
車輪の下へ戻る
八月は
たいてい
車輪の下にいた

四月の午後の四時

海岸で
蛇を何匹も
ペットみたいに
シャリシャリ連れた散歩の女に
惚れろと言われて素直に惚れた
体にいいことしましょうと言われて
言われるとおり
穴を掘った

埋まれと言われて
砂に埋まった
首だけ出して女を見る
「温かいでしょ」　はい
「気持いいでしょ」　はい
砂に抱かれて勃起していると
「っはは」
乾いた笑い声をたてて令女は行ってしまった
もがいても砂から出られない
どうしよう？
首のまわりをうろつく蛇に訊いた
「潮満ちるまで待て
波寄せ来たりなば
オメエは穴とともに海に浮かぶ

ゆふぐれのミチシオまで待て」
居残り観察当番の
ヤマカガシのちびが教えてくれた
待つことにした
今何時？　体内時計に訊いた
「午後四時をお知らせします」
首を伸ばして太平洋を見た
あれ！　のたりのたりの海がいない
沖いちめんに黒い雲
後方の松林から声がしてくる
さっきの女の人の風の音だ
「ねっ　言ったでしょ
午後の四時このような四月の海に
黒い鉄の船の束が

巨大な蒸気に乗って現れて
渚を攫ってゆく　邪宗は消えて法華は残る」
何？
そんなこと聞いていない　タスケテクレ
四月の午後の明媚な海岸
砂に埋まって男がひとり
あならうらに放精している
爪の先から放電している
穴の中は四月の臨界
沖合に黒い百合鉄砲の開くのが見えて
どっと笑って鳴った

切断

おニイさんお茶にしましょう
軒下で奥さんの呼ぶ声
縮かんだ股座揉みしだきながら屋根から下りる
奥さんの入れて呉れたお茶きょうも温かい
お茶受け甘いお菓子シベリヤなつかしい
昨日と同じ冬の午後
昨日と同じ納屋と座布団

昨日と同じお茶と昔昔大昔の話
昨日と同じマンシューの川の話
俺もまた今日も同じ話屋根の上の鼻洟の話
寒くてマイッタヨ奥さん奥さんの話も寒いね凍った川の話
凍ったまま死んでいた狼の話
俺は仕事に戻ります
屋根の上で明日の仕事の算段しなくちゃあ
二階の屋根の錆びた瓦棒やっかいだね
俺、屋根に戻ります
奥さんのお尻の温もりと温かいお茶
「慕情」するのは今日はよします
おニイさんのことは「凍結」しましょうね
奥さんの青いロシア服の男の人というのは
「追憶」というものなのですか

忘れられないのよ消えないのよ。
北満ホーカンチャムス松花江あの「記憶」
奥さんのホクマンホクホクなかなか冷めないね
しあさっては奥さんの屋根に開いた深い穴を
塞いであげようと「考える」
それでこの青い屋根の工事が終わる
足場を外すそれが終わる
屋根に戻って俺は俺の
ふと子供ん時の俺のあの「一瞬」の
「廃棄」を思い出した
遠い記憶捨て子物語拾い親の話
西の空に武甲国境の山影すでに黒ずんで
風がでて来た
糞！　カッタードリルのボタンを押す

「切断」これしかないな
破れ穴一か所で済むのかなあ

むつけし鳥

北面の台所で
飯を食っていると
喰っ喰っ捨てた喰っ喰っ捨てた
喰うっう
喰っ喰っ捨てた喰っ喰っ捨てた
喰うっう
と啼鳥された

すわっと呻いて箸を置き
刀を摑んで討ち取りに出る
透かせばむつけし一羽の鳥であった
下郎っ
と叫んで刃翳すも
日陰の棕櫚の木の高所より
よれよれと飛び離れ
忽ち雑多な物陰に紛れて
見えなくなった
初めて見る灰色の矮小の鳥
はらふくるる儘に東門に佇めば
六位の下臈
と呼び給う青白き頰の桂の少将女のあり
「詠」と宣うので一首啼いた

古畑の
そばの立つ木にゐる鳩の
友よぶ声のすごき夕暮れ*

ほほほほほ
忽ち桂少将女の声が返ってくる
聽て
竹田の里のやぶがらしの褥で待つ我が契の羽の太刀に
一筋の白い流体となって落ちて来た
糞っ　むつけし鳩　東戎の鳥　斬る！

＊　西行法師二十選より

太陽の塔

海浜に花が咲いている
鳥さえ飛んでいる
溶融が始まっているというのに
畦道に青い花が咲いている
オレは峠に咲いた黄色い花が好き
キミはママが好きママは青い花が好き
わたしは昔から臨海の青い花は嫌いだ
長者ケ浜で咲き誇るペンキ塗りの青い花

あれが嫌いだ
炉心棒溶けて流れてノーエ
水蒸気飛んだ壊れて飛んだ
天まで飛んで時間が止まった
今じゃもう懐メロ
飛んで飛んでイスタンブール
関西へいっしょに逃げようと言ったのに
あゝそれなのにそれなのに
きみはママやネネやモネの青い花から
逃げなかった
わたしは青い花は嫌い
黄色い花が好き
だから
わがトルストイ家の戦争とか

平和とか
アンナカレーニナなんかのことは
オレの領地アール県のことなんかは
どうでもいいから
いまからでもいいからウリソジュよ
本貫とふたり関西へ逃げないか
千里ニュータウンへ逃げないか
キミはママが好き
ママと一緒でもいいから逃げないか
逃げようよ千里ニュータウンへ
其処《あしこ》には
あと四十七億年倒壊しない
太陽の塔が立っている
日曜日には攝津峡へ

ピクニックに行こうね
彼処《あしこ》には連翹の花が咲いている
青い花もちらほらぐらいは
咲いていますよ

タルマエ

あたらしい五月が来たので
ヒース峠に樽絵夫人とことしの山躑躅を見にゆく
登り道に菫色の風がさやかだった
下山してくる数多の男の壮健に出会う
押並べて写真機をさげている
老壮の生目が被写体を欲求して
樽絵夫人に刺さってくる
風蒸れて小休止。 間道の切り株に腰を下ろして愚痴愚痴言う「斃れよ老木」
だから嫌なのだ令女を外気に晒すのは
切り株に腰を下ろして「斜陽」を読む
何処かで小さな水音黄色い小宇宙
あほくさ小休止終了。佳境へ急ぐ
山躑躅はまだ蕾であった
首を伸ばして冷処を探れば
触らないであげて
樽絵夫人の低い声に愕き頤をみつめる
細きまあろきそのとんがりに吸い付こうとして
たたらを踏んだ。不覚にも崖下の窪地に落ちた
蛙腹としては尻から落ちた
不様なり
無辜の地面に百合の根を見咎めて

オマエが悪い！　罪科を下し
数根摑んで這い上がり樽絵夫人の下ゲ籠に放る
籠中に一瞬獰猛な光が奔り
鱗茎部位がねっとりと濡れていく
火急に緒川に架る木橋の下の仮宿へ
樽絵夫人を曳いてゆき
道行のコートを解いて空に放ち
雷神に祈った
陰五月の空の急変であった
タルマエ山は雲の中　百合の球根は籠の中
わが陽根にさみだれの
ちいさき粒の降りかかる……
戦いすんだ日が暮れた
矛を収めよ

川蟹の
わが尻裏でちいさく言うめり

武蔵野　それがどうかしたか

破れ野を逍遥し川を渡って木立を抜けると
市民医療センターであった
武蔵野の破恋のやうな窪みの中に
その菫色の病舎はあった
受付で「診療願い」に昭和武尊と記入すれば本名を書いて下さいと叱られた
叱られて札を渡され検査台の順番を待つ
経過観察の御朱印を貰い白衣の王に頭を下げて
「計算」を待つ。

漸う紙片持たされて
小判鮫薬局方に辿りつき
馬の水呑場にて延命丸を大量含む
謝心満ち満ちて一尾の鯉になって池を出てゆく
空腹覚ゆ。遠く迄来ていた。乗り合いバスに運ばれ
わが湖に至らんとするも「総合享楽館前」停留所で降下。
忽ち外食チェーン「かもめ食堂」を見出しこの身を挿入。
注文の多いレストランであった
混浴然としている入り口で名前を書いて順番を待てば
一年が過ぎていった。「スワン家の方に」を読みきってしまった時
「ご壱名でお待ちの昭和様」年増女中の低い声に引かされて
着床すれば「かもめ定食」躊躇なく注文。
「かしこまりました。心おきなく死なれよ」言い置いて臀《おいど》が去る。
取り消しはできない。

この世はすべて契である。
大丈夫。
胸ポケットに期限過ぎた国債二枚。
残骨量を憂国しサムスンやToshibaの将来を外患することなど
なにもないのだよ杉作。
内務官僚じゃあるまいしよー。
自分に諭す。
ぴかぴか光る山羊肉のソテー宮廷風「かもめ定食」完食。
外に出ると外蒙古の草原だった。
なーんだ朱線外か。
茫洋としていると
やんぬるかな緬羊の糞尿に足をとられて転倒。
北足立郡の湖上の家に
如何なる星に乗って辿りついたか

武蔵野は秋の落葉の中にあった
それがどうかしたか

恋《ラヴ》に就いて

まさか！　俺に訊く？
マイファーストラヴ？　アリフレタ話だね
簡単に語れる　或る少女の瞳に感電
さようなら　国鉄京義線の白い石段よ
感情の病気あの日世界は滅んだ
アンニョンヒカセヨ異邦の人よ

愛《シンパシー》　に就いては簡単に語れる
変わらぬ激情帰らざる河
岸辺にての抱擁われらが愛の日々
されどある日突然に「昇華」して
今は「芸術」になって壁にかかっていますね
見飽きた青い絵「お茶と同情」
きみを思い出す時はいつも異邦人

性《アフェクション》　に就いては
簡単に語れる　３００メートルの力走
走れ走った走った走れ野の兎

地に果てよ散って散って精兵
ゴールイン……
ご褒美はミドリの消耗の隈とグリコのおまけ
プラスチックのちっこいヘリコプター
ソ連製だよ
裸のお腹からお腹へ飛ばしっこして遊ぶ
もう七時間も遊んだ
レディー李よ朴もう飽きちゃった
火急に空腹覚ゆる事にして
外に出よう！　ケジャン食いにゆこう
図らずも湖畔の宿にて
イムジンガンで採れた蟹を噛んだら
こっちの歯が「北《チチ》」と鳴った
李スニのあそこが「南《ハハ》」と笑った

何か盗漁している気分だ
放精していない時はいつも異邦人

貝國《かいのくに》笹子追分

秋はやさし
風がやさしく頬を冷やす
落葉に敷きしめられた道をゆく
陽はやさし
ひとがやさしく流れてゆく
もう半日も歩いた
吐く息が笹立っている
前をいく信女《しんによ》の尻肉《ししむら》が歪んで見える

何処か遠くで
鳥が
ひと声鋭く啼いた
陽ざしが妖しくなった
追分で曇った
叢《しげみ》が暗い
峠を越える前に
地に塩を果たす
鳥澤の宿《しゅく》を出るとき
言い渡してある
「此処に」
と女は声を出した
落ちてゆく日輪

ムーちゃんの消滅

ムーちゃんが死んだ
ムーちゃんが死んだらみんないなくなった
星でさえもいなくなった
信じられないくらいだ
ムーちゃんが消えたらムーちゃんの遊び場が消えた
遊び場から芝草が消えた
ムーちゃんの飼い主の直子さんがいなくなった
その夏　千代田区の方で皇帝までもがいなくなりたいと

言い出した
ムーちゃんが死んだ
ムーちゃんが死んだので天空までもが
きれいさっぱり消滅した
風が吹かない
太陽だけが進捗し
水を掬い雲を攫って消えた
闇がきて
あちらこちらで爆発がはじまった
発電工場が
きれいな音をたてている
停電はいつまでつづくの
いなくなった直子さんの声がしている
直子さんのいぶかる声がしている

停電それは永遠です
永遠さんてどなた？
海辺の家で
直子さんが
あたらしいムーちゃんを飼おうとしている
なにもかもいなくなっても
不滅の人って
いるものですね

フンコロガシ

戦争をスル！
という法律ができたので
本家の若頭補佐コルヴィル元海兵隊少佐に
オーケイ　ヨアウェルカム貰って
州立軍楽大学カンブロンヌ教授宅に

「これから始まる戦争の事」聞きに行った
輜重兵キミは撃たれる
通信兵キミは撃たれる
衛生兵キミは撃たれる
ペルシャ語通弁キミは危険だ
前線部隊慰問団員キミ確実被弾
お笑い芸人？　キミ撃たれる
詩人？？　ｍｍｍ撃たれる
墓掘人夫撃たれる
引導渡し？　仏教の僧侶カレは撃たれる
無神論者キミ撃たれる
七十五歳老人？　キミ巻き添え食って死ぬ残念だね
秋田犬のノリオ？　ユーも流弾に当ってアウトだね
戦争が始まっても死なない方法？

それはよい質問です
それについては余が現在執筆進行形であるので
今は答えを明示しない
今秋に出る私の本買ってちょーだい
前触れ広告すれば
キミたち夫々が元々のサイズの
一個玉転がし黄金虫になって
キミたち北アジアの草原で一層濃縮になって
キミたちの中央アジアの草原で一層琥珀になって
あなたたちの下北沢の瓦礫の上で一層希薄になって
東洋億兆の脱糞物をコロコロコロコロ転がして行くことです
山ゆかば草生す脱体海ゆかば水漬く浮き糞
極東の賢き思弁の兵よ
愚かしく生き永らえよ

我が本のタイトルは“Les six lettres”
日本語訳『フンコロガシ』にしました

間道を行く

間道を行く
たかまるために間道を行く
夜八時の鈴懸の道
甘い香りがしている
死んだをんなの匂いだ
銀燭の灯りで墓名を読む
小島笛子行年八十七歳
昭和六十一年四月三日

踵を返し
再びの間道を行く
行くのか兄弟
右奥の影石から
死んだ男の声がしてくる
墓名は読めない
あゝ行く
俺の声が間道を渡ってゆく
さようなら
という声が
彼方此方から聞こえてくる
さようならさようなら
みぎにひだりに答えながら間道を行く
さいなら

小島笛子の低い声が聞こえてくる
夜八時共同墓地の間道を抜けてゆく
近道をした
たかまって間道を行く

細田傳造（ほそだでんぞう）

一九四三年、東京生れ

詩集
『谷間の百合』（二〇一二年・書肆山田）
『ぴーたーらびっと』（二〇一三年・書肆山田）
『水たまり』（二〇一五年・書肆山田）
『かまきりすいこまれた』（二〇一七年・思潮社）
『アジュモニの家』（二〇一八年・思潮社）

みちゆき＊著者細田傳造＊発行二〇一九年五月一〇日初版第一刷＊装画百田智行＊発行者鈴木一民発行所書肆山田東京都豊島区南池袋二―八―五―三〇一電話〇三―三九八八―七四六七＊印刷精密印刷ターゲット石塚印刷製本日進堂製本＊ＩＳＢＮ九七八―四―八七九九五―九八四―三